CONSOLATION

Ⓒ

CONSOLATION

CHANT DU XIIIᵉ SIÈCLE

XXVI Juillet

MDCCCLXVI

PERSONNAGES

UN FRÈRE-PRÊCHEUR, RELIGIEUX MENDIANT.

L'AIEUL.

L'AIEULE.

L'ÉPOUX.

L'ÉPOUSE.

LA PLUS JEUNE SŒUR.

LA VIEILLE SERVANTE.

UN BERGER.

LE RESTE DE LA FAMILLE — QUELQUES PAYSANS,

CONSOLATION

RÉPONSE AUX QUESTIONS D'UNE MÈRE

SUR LE SORT DE SON ENFANT, MORT SANS BAPTÊME.

> Pater misericordiarum (Dominus), et
> Deus totius consolationis. (II. Cor. I. 3.)
> Socii passionum (Christi) estis; sic
> eritis et consolationis. (Ibid. v, 7.)

I

LE RELIGIEUX.

O Christ béni ! conduis mes pas, vers une demeure hospitalière. Je sens mon corps faiblir ; j'ai marché si longtemps ! — Voilà que, dans le pli de la vallée, j'aperçois une maison, tout environnée d'arbres touffus. Je vais aller, en ton nom, ô Maître, y demander un abri. Peut-être daignera-t-on me faire place au foyer. Au moins, par pitié, on me donnera un peu de pain, quelques gouttes d'un vin généreux, des feuilles sèches pour dormir. (*Il avance et, sur la route, rencontre un berger qui mène ses brebis au bercail.*) Sais-tu, jeune homme, quel est le maître de cette maison?

LE BERGER.

Le nom du maître m'est inconnu! mais, si vous êtes pauvre, vous pouvez y aller tendre la main, sans crainte de refus!

LE RELIGIEUX.

Merci, mon fils. Tu as compris mon hésitation, au moment de franchir un seuil inconnu. On m'a rebuté tant de fois, ailleurs!

LE BERGER.

Là, vous ne serez pas repoussé. J'ai vu souvent la mère de famille appeler ses jeunes enfants pour accoutumer leurs mains à verser l'aumône.

LE RELIGIEUX.

Cette famille doit connaître Dieu, et le servir avec zèle?

LE BERGER.

A vrai dire, ce sont là des questions dont je m'inquiète peu. Pour moi, je prie vite, et en peu de mots. Toute ma science se borne à guider mon troupeau, d'après la marche des astres et selon les saisons. Je laisse aux riches les recherches curieuses sur la Divinité !

LE RELIGIEUX.

Eh quoi ! mon fils, tu aimerais avec tiédeur le céleste Berger qui nous a tous défendus contre le loup ravisseur et qui nous a donné son sang ! Viens donc ! je t'expliquerai la sainte et douce croyance que le Christ a révélée ; elle sera, pour ton âme naïve, ce qu'est à l'agneau le lait de la brebis.

LE BERGER.

Ce soir, tu le vois, il est tard, — et je dois faire rentrer mon troupeau. Demain, dès l'aube, si tu le veux, viens me retrouver sur la montagne voisine. Ce que tu appelles mon âme, je ne sais guère ce que c'est. Mais, à l'entendre j'éprouve, au dedans de moi-même, un tressaillement extraordinaire. On dirait que ta parole va me faire vivre d'une vie nouvelle !

LE RELIGIEUX.

A demain ! mon fils, et si le Christ écoute ma prière, avec le soleil qui se lèvera sur le monde, et que tu connais jusqu'en ses moindres mouvements, un autre soleil, mille fois plus brillant, achèvera de se lever sur ton intelligence. A sa lumière, tu verras la Lumière, celle qui n'a ni orient ni occident, celle qui est toujours dans un immuable midi. Adieu ! nous voici près de la maison, je vais frapper. *(Il heurte, avec son bâton; après quelques instants d'attente, et sans qu'on lui ait répondu, il frappe encore; — une servante paraît et laisse la porte entr'ouverte !)*

II

LA SERVANTE.

Qui frappe si tard et si fort ! — que voulez-vous ?

LE RELIGIEUX.

Ma sœur !....

LA SERVANTE (*interrompant.*)

Moi ! votre sœur, que dites-vous ! Je n'ai pas de frère ! je n'en eus jamais !

LE RELIGIEUX.

(*A part.*) Mon Dieu ! fais-moi la grâce de publier ici tes bontés ! (*Haut.*) Oui, ma sœur, vous l'êtes véritablement et, dans le Christ, je vous salue, vous demandant, pour mes membres lassés un abri, pour mes forces défaillantes un peu de pain !.

LA SERVANTE.

Vous demandez au nom du Christ, soyez le bienvenu ; votre prière sera exaucée ; mes maîtres eux-mêmes vous serviraient, si....

LE RELIGIEUX.

Vos maîtres ! Ils sont donc pieux et fervents.

LA SERVANTE.

Oui, pieux et fervents ! oui, dociles aux saintes leçons du Seigneur ! Mais, hélas ! aujourd'hui la maison n'est pas joyeuse. Elle est remplie de monde et, vous le voyez, on la dirait inhabitée. — La douleur nous a tous abattus !...... — Mais, pourquoi parler si longtemps, quand vous avez soif et faim, peut-être depuis bien des heures; asseyez-vous, sous cet ormeau; je vais chercher ce qui vous est nécessaire.

LE RELIGIEUX (*seul*).

Ainsi, mon Dieu, ton amour veille sur nous ! Je me sentais, tout-à-l'heure, perdu dans un douloureux isolement. Tu m'as conduit vers des frères, et des frères malheureux ! Ils vont me donner le pain du corps, et moi, nourri de tes leçons, je serai peut-être assez heureux pour leur apporter dans leurs peines, quelque soulagement. Rien ne console, Seigneur, comme la méditation de ta parole; le divin Poëte l'a dit : le fruit de la vérité est doux aux lèvres qui s'en nourrissent (1).

(1) Cant. II. 3.

LÀ SERVANTE (*elle revient, et dresse une table frugale, qu'elle couvre de mets fortifiants. — Une petite enfant l'accompagne*).

Tenez, pauvre vieillard, buvez et mangez. Le Christ-Dieu veut que la parole des Saints-Mystères soit aussi la parole qui encourage ses fidèles à soutenir la vie épuisée de leurs corps ! Si mes maîtres étaient moins tristes, j'aurais sans doute à vous offrir quelque chose de meilleur ! Mais, je vous l'ai dit, la douleur nous a visités.

LE RELIGIEUX.

La douleur ! Et laquelle, ma sœur ! Le nombre des maux est si grand sur la terre, que chacun d'eux à son nom, comme son angoisse spéciale.

LA SERVANTE (*s'asseyant*).

Vous voyez cette petite fille ! Eh bien ! elle a un frère, de beaucoup plus âgé, que nous avions marié, il n'ya pas longtemps. C'était lui, l'aîné de la famille, qui devait nous donner, le premier, la joie de nous réunir tous, maîtres et serviteurs, autour d'un berceau. Sa jeune épouse allait être mère ; elle avançait, confiante, vers l'heure de sa fécondité bénie. — Hélas ! et voilà que son enfant, en nous apparaissant, n'a pu ni sourire ni pleurer ! nous l'avons couché, mort, sur le lit triomphal que nous lui avions préparé..... Encore si le saint Baptême...

(La Servante fond en larmes, — et la petite fille pleure avec elle.)

LE RELIGIEUX.

Vos larmes ébranlent mon cœur ! Oh ! Combien je comprends cette amère déception ! Vos pauvres maîtres, comme je les plains ! comme je plains surtout ces jeunes époux, trompés dans leur plus ardent espoir, et qui vont si vite apprendre que le titre glorieux de père et de mère se paie toujours cher ! (1). *(S'adressant à l'Enfant, qui pleure encore.)* Petite enfant, vous regrettez donc bien de n'avoir pas à caresser la fille ou le fils de votre frère ?

(1) Venient dies luctus patris. Gen. xxvii. 41. Gemitus matris tuæ ne obliviscaris. Eccl. vii. 29.

L'ENFANT.

Oui! je le regrette. C'était une petite fille, et si jolie! Je l'aurais tant aimée, je l'attendais depuis si longtemps! Mais puis, voyez-vous, ce qui me fait le plus de peine, c'est ce que dit ma sœur, que, dans le ciel, où nous irons, nous ne verrons pas cette belle petite. Moi, je me serais consolée plus tôt, si on m'avait dit que je retrouverais ma nièce, parmi les Anges, auprès de Jésus! — Mais, dites-moi, ma sœur a-t-elle raison?

LE RELIGIEUX.

Ange auprès de Jésus, non, cette pauvre petite fille ne le sera pas! Et toutefois, ma douce enfant, je voudrais dire à votre frère que sa fille ne souffre point, qu'elle vit presque heureuse, qu'il peut penser à elle sans une trop profonde amertume!

L'ENFANT.

Vrai! cela est ainsi! Oh! que vous êtes bon! Je vais vite chercher mes parents et mon frère.

LA SERVANTE.

Et moi, je cours à la jeune mère ; c'est elle surtout qui me faisait pitié ! Si vous l'aviez entendue, elle me fendait l'âme. Je veux souffrir, disait-elle, souffrir encore, — mais que mon enfant vive, qu'elle vive pour le Ciel ! — Et quand on lui a dit que la naissance et la mort de sa fille s'étaient nouées par un lien que rien n'avait pu briser, quels sanglots, quelles larmes brûlantes !

(Tous reviennent auprès du Religieux, qui les attend).

III

L'AÏEULE.

Est-il vrai, bon vieillard, que vous avez des paroles consolantes pour notre commune tristesse ?

L'AÏEUL.

Oui, cela est-il vrai ?

L'ÉPOUX.

Nous sommes en un de ces jours, où la religion maternelle du Christ semble avoir perdu ses entrailles ! Je n'ose m'appeler père ; le nom de mère me fait trembler ! Homme de Dieu, savez-vous quelque chose des mystères de l'Eternité ? Il me serait si doux de penser à l'enfant, dont je n'ai pu voir les traits qu'un seul jour ; — à celle dont le regard ne s'est pas ouvert, pour connaître le visage des parents qui l'avaient appelée, par des vœux stériles hélas ! à être l'image de leur amour et de leur félicité !

LE RELIGIEUX.

Je ne puis, mon fils, vous faire toucher du doigt les mystères que vous voulez sonder. Sur toutes les tombes, même sur celles des enfants d'un jour (1), traînent quelques plis du sombre manteau de la mort, si lourd à soulever ! Mais cependant, je répondrai discrètement à vos questions empressées. L'huile de la doctrine doit couler sur les plaies saignantes du cœur.

(1) Nec infans unius diei ! S. S.

L'ÉPOUX.

Eh bien ! répondez-moi, quelle région habite, à cette heure, l'âme de ma fille ? où dois-je la chercher ?

LE RELIGIEUX.

Cette âme est dans les Limbes.

L'ÉPOUX.

Mais, ces Limbes, où sont-elles ?

LE RELIGIEUX.

Ce n'est sans doute pas leur lieu matériel que vous voulez connaître ?

L'ÉPOUX.

Non ? je sais comme vous, qu'un voile impénétrable dérobe à nos yeux, même à nos pensées, la condition des *âmes séparées ;* elles semblent être en dehors du temps, de l'espace et du lieu. Mais encore, que sont ces Limbes puisque, débarrassée des chaînes du corps, l'âme n'obéit plus qu'aux lois de sa nature spirituelle ?

LE RELIGIEUX.

Ecoutez-moi, mon fils; donnez-moi tous votre oreille. Voici la parole des Maîtres.

Dieu n'est pas comme nous, limité par des relations extérieures et multiples, qui bornent son être, en le déterminant. Bien plus, selon la doctrine du grand Paul, loin que l'on puisse assigner à Dieu, dans l'univers, une place exclusive et définie, au contraire, la Substance divine, partout présente et partout invisible, enferme tous les êtres créés et les enveloppe dans le riche manteau de sa puissance sans mesure! Nous insensés, nous jugeons les choses par les apparences; nous prêtons à la terre une stabilité, au firmament une profondeur, qui nous dérobent l'expression réelle de la vérité. Ce qui soutient la terre, c'est la volonté substantielle du Créateur. — Le vrai pivot du monde, c'est le doigt de Dieu, comme l'a dit un prophète (1). De même le ciel immense, — voûte si haute que le regard se trouble à la contempler, — le ciel est comme un léger tapis, flottant sous les pieds du Créateur (2).

____

(1) Digitis molem terræ libravit. (Isaï, XL, 12.)
(2) Extendens cœlum sicut pellem. (Ps. CIII, 2.)

4

Au dessus, au dessous, au septentrion, au midi, partout où monte, partout où descend l'imagination par ses plus hardis efforts, là se trouve, dans un éternel repos, dans une incessante activité, l'Être infini, le Dieu vivant (1).

IV

L'AÏEUL.

O pauvre du Christ, vos leçons nous pénètrent. Mais n'auriez-vous pas quelque figure, quelque image à nous donner, pour que nous, moins familiarisés avec les spéculations métaphysiques, nous puissions vous mieux comprendre.

LE RELIGIEUX.

Oui, j'en ai trouvé une, dans le livre de nos mystères, et je vous la proposerai volontiers. Autant que vous, j'aime le poétique langage des symboles.

La Substance divine nous offre d'elle-même une image imparfaite, dans les qualités, en apparence contradictoires, qu'elle a donnée à l'eau de nos fon-

(1) Ps. cxxxviii, 8.

taines. Combien sont grandes ces merveilles, dont l'Eglise chante ce ravissant panégyrique (1):

« *Ni les montagnes, en pesant sur l'eau, ne la tiennent captive; ni les écueils, en la séparant, ne parviennent à la briser. Epanchée sur la terre, elle ne tarit point. Assez résistante pour soutenir le poids du monde, la masse effrayante des plus hauts rochers, elle ne trouve pas d'abimes où elle puisse s'engloutir. Les cieux sont sa ceinture et son pavillon. Elle embrasse et mouille tous les rivages, destinée à purifier partout jusqu'aux moindres souillures, sans que jamais rien la puisse purifier elle-même..... Portée dans les nuages, elle descend, en pluie bienfaisante, sur les champs et les féconde. Quand la nature languit et se dessèche sous les ardeurs dévorantes d'un ciel enflammé, l'eau, par d'intimes et mystérieux canaux, la pénètre tout entière, pour la rafraichir et la reposer, pour la vivifier et la nourrir. L'eau fait naitre, elle aide à mûrir. D'où elle vient, où elle va, nul*

____

(1) V. Pontifical. Rom., in Dedic. Eccles.

ne le sait; mais elle parle de Dieu; et ses mérites étonnants sont le chef-d'œuvre de la création! »

Otez le nom de l'eau, mes frères; et dites-moi si vous n'avez pas là, comme un hymne triomphal, en l'honneur du Dieu trois fois saint, en l'honneur de sa divine Substance, plus subtile encore et plus pénétrante que l'eau, même réduite en vapeur, plus capable de semer la fraîcheur ou la fertilité, plus forte pour emporter ce qui tenterait d'arrêter son cours impétueux !

L'ÉPOUX.

O ami, — laisse-moi t'appeler de ce nom, le meilleur qu'un homme puisse donner à un autre homme, — ne suspends pas plus longtemps mon attente ! Tu le sens, j'ai soif, pour moi-même et pour ma compagne, de savoir s'il est, dans notre malheur, une pensée consolante qui puisse adoucir notre morne résignation.

LE RELIGIEUX.

J'arrive, mon fils, à la réponse désirée; mais il nous faut encore, pour y parvenir, faire un court circuit. Permets-moi de conduire ta pensée, pas à pas, vers la douce vérité, que tu appelles de tous tes vœux.

L'ÉPOUX.

Oh ! si j'ai hâte, ce n'est pas pour cesser d'entendre la mélodie suave de la doctrine; mais mon cœur impatient ne peut aujourd'hui se reposer que dans sa douleur elle-même. Le reste m'est comme insipide.

LE RELIGIEUX.

Eh bien ! mon fils, m'as-tu compris ? Saisis-tu, par l'intelligence, ce qu'est cet Être de Dieu, lieu substantiel de tous les autres êtres, en qui tout subsiste, vit et se meut ? (1)

L'ÉPOUX.

Je crois t'avoir compris.

LE RELIGIEUX.

Si donc tu m'as suivi jusqu'à ce moment, auras-tu quelque difficulté à concevoir que le Ciel, le

____

(1) Act. xvii. 28.

Purgatoire, l'Enfer, la grâce, la nature, que tous ces mots mystérieux représentent surtout les relations d'amour ou de haine, le voisinage plus ou moins intime, l'union ou la séparation qui peuvent exister entre le Créateur et ses créatures? — De Dieu à l'âme, toutes les locutions, qui supposent le lieu ou l'espace, sont, en un sens, inexactes. Ignorer ou connaître Dieu, l'aimer ou le haïr, voilà les seules expressions, qui répondent à peu près à la vérité.

L'AÏEUL ET L'ÉPOUX.

Nous l'admettons volontiers.

LE RELIGIEUX.

Oui ! il est ainsi. Par sa nature, toute spirituelle et rationelle, l'âme de l'homme est capable de connaître Dieu d'une connaissance certaine et véritable, quoique imparfaite et confuse. A l'origine, quand l'Artiste souverain, de son doigt divin, mit le sceau suprême de l'amour à l'argile, formée et pétrie du limon de la terre et d'un souffle vivant, l'homme, à cette heure même, par le seul privilége de son existence, aurait pu connaître son Créateur et l'aimer. Dieu voulut faire plus. Au don gratuit de l'être et de la raison, Il ajouta, par une bonté surabondante, la vocation des âmes à le connaître, Lui, le Dieu vivant, non pas d'une manière infinie, — cela était impossible, même à sa bonté, — mais pourtant, proportionnellement, comme Il se connaît Lui-même, et tel qu'Il est. Cette vocation surnaturelle à une connaissance de Dieu, — supérieure à celle que pouvait atteindre l'âme, par ses seules forces, — voilà ce que, dans notre langage chrétien, nous appelons la vocation à la gloire, au Ciel.

Adam l'a perdue, par la faute de sa volonté désordonnée et coupable; et parce que ce premier père portait en lui-même les destinées de toute sa race, la déchéance d'Adam, après son péché personnel, a passé, comme un triste héritage, à tous ses descendants.

Tous ceux, parmi les fils du sang et de la chair d'Adam, que n'atteint point la vertu rédemptrice du sang et de la chair de l'Agneau immaculé, du Christ béni, tous ceux-là demeurent dans la déchéance originelle; et c'est là ce qu'on entend par *la chute*, transmise avec la vie à chaque rejeton du vieux tronc de la nature dégénérée.

L'ÉPOUX.

Mais alors, ô Maître, si j'ai bien pénétré ta pensée, ce *péché originel*, resté jusqu'à cette heure si obscur pour moi, ce ne serait pas un désordre de la volonté dans l'enfant ; ce serait un état, involontaire en lui, de privation ou de misère.

LE RELIGIEUX.

C'est cela même, tu as bien dit. La volonté personnelle de l'enfant n'est pas coupable, quoique sa nature morale soit affaiblie et comme inclinée à la révolte. Mais, héritier d'un exilé et d'un banni, il naît, privé du droit de toucher aux frontières de la Patrie et sans autre espoir d'y rentrer que par l'intervention miséricordieuse du Sauveur.

Voilà quel est, en vérité, le sort de vos fils et de vos filles, lorsque vous ne les avez pas offerts au baptême, c'est-à-dire au sang rédempteur du Christ ; ils sont exilés et bannis. Jamais ils n'entreront dans les champs où leur antique ancêtre aurait pu les introduire par son obéissance ; jamais ils ne verront, comme les rachetés, la face du Dieu vivant et les adorables mystères de son essence (1).

L'ÉPOUX.

Hélas ! hélas ! je dois pleurer encore sur mon enfant, puisqu'elle ne verra jamais Dieu, et que cette vision seule fait la vraie béatitude.

LE RELIGIEUX.

Non ; ta fille ne verra pas Dieu, comme tu es appelé toi-même à le voir. Elle le connaîtra seulement, tel que la nature créée le révèle aux philosophes ; ce sera pourtant d'une façon plus décisive, moins sujette aux irrésolutions de la pensée.

L'EPOUX.

Enfin, à s'exprimer clairement, l'état des âmes dans les Limbes, c'est donc, purement, la privation d'un bien surnaturel auquel elles n'avaient pas droit. En tout le reste, elles sont sans souffrance et sans châtiment.

---

(1) Carentia hujus visioni (beatificæ) est *propria* et *sola* pæna originalis peccati. — S. Thom. Aqu. in Append. Q. I. p. 1446.

LE RELIGIEUX.

Tu l'as dit : point d'autre peine, ni d'autre châtiment que la privation elle-même (1).

L'ÉPOUX.

Et la privation d'un bien, si grand que sa possession fera seule la joie éternelle de l'éternel Paradis, cette privation ne sera pas une douleur, une intolérable souffrance ! cela se peut-il ?

LE RELIGIEUX.

Celui qui n'a jamais eu l'espérance de telle ou telle félicité, qui n'en soupçonne pas même l'existence, celui-là ne souffre point (2) de ce que cette félicité lui manque.

L'ÉPOUX.

Il serait donc possible que, par la connaissance et l'amour de Dieu, tels que les lui inspirerait sa nature,

----

(1) Solum, per defectum illius ad quod natura de se sufficiens non erat.... in aliis, nullum detrimentum sustinebunt. (Thom. Aqu. Ibid).

(2) Nullum dolorem sentient. Thom. Aqu. in appen, Q. 2.

ma fille jouît, dans les Limbes, d'une béatitude, na-
turelle aussi, et par conséquent imparfaite et bornée?

LE RELIGIEUX.

Oui ! cela est possible, — et j'ai trouvé cet enseignement sur des lèvres savantes (1).

L'ENFANT (se tournant vers sa sœur, et regar-
dant, après, son frère aîné).

Tu vois donc bien, notre petite nièce, la fille de
notre frère, nous la verrons, un jour, près de Dieu.

LE RELIGIEUX.

Oui, enfant, cela est possible, cela est probable ;
elle ne verra pas Dieu, comme vous, — mais vous,
vous la verrez en Dieu ! Quand le temps aura fini
et que, dans la joyeuse éternité, nous connaîtrons
Dieu, tel qu'Il est, nous aurons tous, même les plus
ignorants, une vue profonde des choses créées, dans
leur rapport avec les desseins providentiels du Créateur.

(1) De ipso Deo gaudere poterunt, naturali cognitione et dilec-
tione. (Id., ibid.)

Le Ciel et la terre, rajeunis, nous apparaîtront sous une lumière nouvelle, pleine de révélations inattendues. La nature n'aura plus de secrets (1).

L'AÏEULE ET L'AÏEUL.

Comment en serait-il ainsi ? — Un abîme infranchissable ne séparera-t-il point les Elus d'avec tous ceux qui ne partageront pas leur bonheur?

LE RELIGIEUX.

Un abîme infranchissable ! que signifie ce mot pour les Elus? Eux, dont le corps lui-même, devenu spirituel et glorieux, ne connaîtra plus les lois de la pesanteur! Et, d'ailleurs, ne vous l'ai-je pas enseigné, Dieu enveloppe tous les êtres du manteau de sa Substance qui les crée, les conserve et les rend durables. Si donc, nous habitons en Dieu, par la contemplation béatifique, en Lui et par Lui, avec la rapidité de l'éclair, avec celle de la pensée, nous pourrons aller d'un pôle à l'autre, et parcourir

(1) Tunc, omnia quæ in cœlo et in terra sunt perfectissime cognoscemus, in ipso fonte cognitionem omnium bibentes. (S. Bern. cité par Billuart, I, p. 70, édit. Venet, 1778)

la série entière des créatures. Que si, en cet heureux
état, mieux que l'ancien Salomon, nous sommes
capables de pénétrer l'intime essence du cèdre ou
celle de l'hysope, qui donc oserait dire que la mère
ou le père ne sauront pas retrouver l'âme de leur
enfant, que cette âme leur sera fermée, qu'elle ne
leur manifestera ni ses qualités ni ses beautés ! Moi,
je ne le dirais pas ! Les Docteurs m'ont appris le
contraire (1).

L'ÉPOUX.

Une chose manque toujours à la joyeuse tran-
quillité que ta parole m'a rendue. Mon enfant n'aura
pas le même bonheur dont je jouirai moi-même !
Cette pensée jette d'avance comme une ombre sur
la radieuse clarté de mes futures extases ! Et la mère,
la pauvre mère, voudra-t-elle d'une science et d'un
amour dont le fruit douloureux de ses entrailles ne
saurait jamais jouir ? Allons l'interroger ? Qué tes

(1) Beati vident omnia, aut saltem præcipua, quæ pertinent
ad suum statum, sive sint actus naturales, sive supernaturales,
sive in hac vita, sive in altera... sic pater videt quæ pertinent ad
suam familiam.... (Billuart, loc. cit.)

lèvres lui versent la doctrine consolatrice, jusqu'à la dernière goutte ! (*Tous vont vers la couche de la jeune mère.*)

V

L'ÉPOUSE.

Je sais, ô mon Père, ce que vous avez appris à ceux qui m'aiment ! L'un après l'autre, se succédant pour ne rien perdre de vos discours et pour me les rapporter fidèlement, ils m'ont dit quelles espérances solides je pouvais entretenir dans mon cœur désolé.

LE RELIGIEUX.

Oui, ma fille, vous pouvez adoucir, par l'enseignement sacré, vos légitimes regrets. Dans l'éternité, vous approuverez tous les plans du Créateur, non pas seulement, comme ici-bas, par un acquiescement muet, par une résignation silencieuse, mais par un acte persévérant de louange et de bénédiction.

L'ÉPOUSE.

Quoi! je bénirai Dieu de ce que la paupière de ma fille ne se lèvera jamais sur Lui, pleinement dilatée, pour boire le rayon de la lumière surnaturelle! Père, cela ne se peut. Je contiendrai le murmure, j'étoufferai le sanglot! mais au dedans de moi-même, ma tendresse déçue gémira.

LE RELIGIEUX.

Pour juger, ô ma fille, des sentiments que nou éprouverons dans le Ciel, il faudrait avoir déjà franchi le seuil des parvis éternels! Autres sont les voies du Seigneur, autres les voies des hommes, a dit l'Écriture (1) ; autres sont les pensées et les affections de la terre, autres les pensées et les affections de la Patrie bienheureuse !

Mais enfin, Dieu ne demandera point que vous ne portiez pas, pendant toute l'éternité, la cicatrice de votre blessure d'aujourd'hui ! Cette cicatrice attestera quel fut ici-bas votre respect pour les Mystères sacrés de la grâce et de la rédemption; vous

____

(1) Isaï. LV. 8.

n'auriez pas tant souffert, si vous n'aviez pas eu la Foi! La Foi, qui vous fait pleurer et soupirer aujourd'hui, vous consolera là-haut.

Vous lirez, au cœur de votre fille, les impressions d'une connaissance et d'un amour sincères pour l'Auteur adorable de la nature. Vous la verrez heureuse, dans sa sphère, par cette connaissance et par cet amour. Et si vous vous sentiez encore émue par l'involontaire regret de ce qui manque à la perfection comme à la félicité de votre enfant, vous songerez aux mères, bien plus malheureuses, dont les fils ou les filles ont profané leur baptême et perdu, sans retour, l'espérance d'aimer et de bénir leur Dieu. Mieux vaut habiter les ternes régions des Limbes, comparables à ces contrées dont un brouillard éternel attriste constamment l'horizon, que d'échanger, par un péché mortel sans repentir, les radieuses splendeurs de la vérité contre les ténèbres désespérées de l'enfer! Mieux vaut un amour qui n'a pu s'épanouir pleinement, et qui demeure, qu'un amour étouffé, remplacé par la haine et le blasphème!

TOUS (*à genoux*).

O Maître, vous avez raison. Nous n'avions songé qu'à nous-mêmes, à ce berceau vide, à nos bras ouverts et qui n'avaient rien embrassé! Nous concevons à présent que, dans cette douleur elle-même, il y a place pour la confiance et l'abandon! Aussi bien, nous en avons là une preuve nouvelle, l'homme, par lui-même, ne saurait jamais ni comprendre, ni apprécier les conseils profonds de la divine Sagesse (1). L'acte suprême de l'intelligence humaine, c'est de se mettre à son rang, loin d'une fausse humilité, loin d'une vaine présomption! Nous adorons les décrets du Tout-Puissant, alors même que sa main, appesantie sur nous, renverse nos projets et semble tromper nos meilleurs désirs!

LE RELIGIEUX.

Connaissez-vous d'ailleurs, Frères bien-aimés, l'avenir que Dieu réserve à vos enfants et à vous-mêmes. Le poète sublime des inconsolables douleurs,

(1) Tanquam homines, summæ rationis ignori. — (Pontif. Rom. in ordin. Diac.)

Job, n'a-t-il pas écrit : l'arbre qu'on émonde retrouvera son vert feuillage (1).

Ainsi en sera-t-il de vous, mes enfants. Un rameau a été coupé sur l'une de vos branches, avant d'avoir pu fleurir. Un autre rameau le remplacera, qui défiera par sa vigueur et sa vertu, le temps et les orages. A l'enfant, privé du baptême, condamné par conséquent à vivre dans un crépuscule sans aurore, succèdera un autre enfant, dont l'âme régénérée répandra sur les siens le reflet de sa sereine grandeur. Je vous laisse cet espoir comme la meilleure expression de ma reconnaissance. Oui, jeunes époux, vous donnerez à l'Église des fidèles, au Paradis des saints. Et si la main glacée de la mort devait encore cueillir un jeune plant dans la riante pépinière que vous préparez au Christ, l'aimable enfant vous quitterait pour entrer dans les blanches légions des Saints-Anges !

TOUS.

Le nom du Christ-Sauveur soit à jamais béni ! Amen !

(1) Lignum, si praecisum fuerit, rursum virescit. —(Job. XIV. 7.)

Nimes, — imp. Lafare et Attenoux, place de la Couronne, 1.